천년의 시 0130

감 등을 켜 다

천년의시 0130

감 등을 켜다

1판 1쇄 펴낸날 2022년 5월 23일
지은이 김선희
펴낸이 이재무
기획위원 김춘식, 유성호, 이형권, 임지연, 홍용희
책임편집 박찬세
편집디자인 민성돈
펴낸곳 (주)천년의시작
등록번호 제301-2012-033호
등록일자 2006년 1월 10일
주소 (03132) 서울시 종로구 삼일대로32길 36 운현신화타워 502호
전화 02-723-8668
팩스 02-723-8630
블로그 blog.naver.com/poemsijak
이메일 poemsijak@hanmail.net

김선희ⓒ, 2022, printed in Seoul, Korea

ISBN 978-89-6021-034-9
 978-89-6021-105-6 04810(세트)

값 10,000원

감 등을 켜다

김 선 희 시 집

천년의시작

시인의 말

햇살 가득 들어오는 창가에
30년이 넘도록 키워 온 행운목이
추운 겨울 온 힘을 다하여 어김없이 꽃을 피워 냅니다

사는 게 바빠 멈추어 섰던 많은 날들
마음속에서 꿈꾸며 키워 온
시어들이 밖으로 나와 뿌리를 내리려 합니다

은은한 꽃 향을 피우며
사람들의 마음을 따뜻하게 토닥이고 싶은 바람으로
첫 시집을 펴냅니다

차 례

시인의 말

해 설

제1부 음식 관련 시편들

가을걷이

어젯밤 시골에서 올라온 올망졸망 검은 봉지와 박스들
거실 가득 널브러져 있다
박스 감옥에 갇힌 고추벌레
집을 나와 검은 봉지 위에 길게 누워 있다

고추를 크기대로 소쿠리에 담았다
큰 고추는 동치미 담글 삭힘용으로 양파 자루에 담아
소금물에 넣고 돌로 꾹 눌렀다
매운 고추는 식초 물에 담갔다 건져
찹쌀 옷을 입혀 찜솥에 한 김 올린 후 채반에 얇게 펴 널었다
고추부각 먹을 얼굴들이 둥그런 채반 위에서 웃고 있다
밀가루를 묻혀 금방 쪄 낸 작은 애고추
양념간장에 버무려 늦은 점심밥을 먹었다

허리 한번 펴 볼 새 없이 수확해 온
단감 고구마 늙은 호박 고추 가지
시골집 텃밭을 통째로 옮겨 온 유기농 가을걷이들
하루 종일 거실에서 종종걸음을 쳐 보는데
아이구 허리야 하던 엄마가 내 속에서 따라 나온다
허리 펴며 툭툭 주먹손을 치는 엄마가 겹쳐 따라서 해 본다
나도 가을로 들어서는 중이다

감 등을 켜다

감농사가 풍년이라며 지인이 보내온
둥시감 세 박스

이틀을 꼬박 앉아
헝클어진 실뭉치 풀어 감듯
깎고 또 깎았다

베란다 빨랫줄에
한 줄 두 줄,
서른 줄
감을 매달 때마다 공들인 마음이 환해졌다

청계사 대웅전 앞
나란히 줄지어 매달린 연등처럼
우리 집에도 감 등을 켰다

그믐날
환하게 밝힌 베란다 감 등

안방 창문으로

줄지어 매달린 감 그림자가
내 몸에서도 어룽거린다

고모

보리 베고 감자 캐는 날
국수 광주리를 이고 가는 고모를
나는 주전자 들고 따라 나섰다
국수를 새참으로 낼 때면
주전자는 막걸리와 국수물 두 개가 된다
고모는 밭으로 가면서
막걸리 주전자를 한 번씩 홀짝거렸다
반쯤 갔을 때는 쉬어 가자며
광주리를 내려놓고는 벌컥벌컥 들이켰다
삼촌은 막걸리 주전자의 뚜껑을 열어 보고는
고모에게 뭐라고 뭐라고 했지만
어린 조카가 무거워서 질질 흘렸다고 둘러댔다
양재기에 국수를 말아 먹는 동안
고모는 뽕나무 가지 위에 나를 올려놓고
'오동추야' 노래를 부르며
술기운으로
신나게 나뭇가지를 흔들어 주었다
노란 주전자를 보면
연락이 끊긴 고모가 생각난다

노각 배

시골서 따 온 늙은 오이를 반으로 쪼개
달챙이로 속을 파낸다

여름방학 때
할머니네 물레방앗간 밭에는
오이 가지 호박 옥수수 참외 수박
먹을거리가 지천이었다

멱도 감고
재첩을 잡아 고무신으로 배 놀이를 하다
참외와 늙은 오이를 따서 통통배를 만들었다

속을 파낸 그곳에
재첩과 개미 손님을 태워
호박잎으로 지붕을 덮고
새말에서 오가리강으로 흘려보냈다

둑길을 따라가며 누구 배가 멀리 가나 내기도 했다

싱크대에 물을 받아
노각 반쪽을 띄워 본다

흑백필름

냉장고를 정리하는데
도토리 가루 봉지가 나왔다
친정에 갔을 때
묵을 좋아하는 내게
엄마가 주셨던 도토리묵 가루였다

대전에서 직장 생활하다 주말에 집에 가면
문의 오일장이 서는 날
앉은뱅이 기다란 의자가 놓여 있던 장터 묵밥집

할머니들 틈에 끼어 앉아
양은솥 끓는 물에 채 썬 묵을 토렴해서
양념간장 한 숟가락에 김치 송송 썰어 얹고
깨소금 넣어 준 것이 전부였다

신탄진 가는 버스에 올라탈 때
자취방으로 돌아가는 내게
엄마가 들려 주셨던 도토리묵 한 모

묵을 쑤어 그릇에 담아 올려놓은

\>

부엌 창틀이

스크린 되어

묵 그릇 뒤로 흑백필름이 돌아가고 있다

백김치

배추 한 망을 사서 절여 놓았다

엄마는 아버지가 돌아가신 후
좋아하셨던 음식을 하면 생각나고 보고 싶다며
애써 외면하듯
백김치를 담그지 않으셨다

아버지가 계셨을 땐
맛깔스럽게 담아
배추꽃처럼 정갈하게 상에 올렸던 김치가
친정집에서 잊혀진 음식이 되었다

석이버섯 대추 실고추 잣 배 밤 당근 무
색색으로 채 썬 고명으로
백김치 한 통 얼른 담가

엄마 만나러
친정 나들이 나서야겠다

냉이

바람 소리 매섭던 매봉
연한 녹색 물관이
나뭇가지 끝까지 퍼졌다

원추리 애기똥풀 둥굴레 홑잎나물
고개 내밀고
겨우내 뜸했던 등산객들 줄지어 올라간다

내려오는 길
묵은 고추밭에서
냉이 한 줌 캐서 주머니에 넣었다

냉이로 된장찌개 끓여
집 안 가득 봄을 피워야겠다

소래포구

네 여자가 장바구니 손수레 하나씩 끌고
오이도행 전철을 탔다
꾸벅꾸벅 졸다가
허겁지겁 서둘러 내렸다

인천 가는 전철을 갈아타고 소래포구에 내리자
시끌벅적 입구에서부터 사람들로 장이 섰다

시장에 돌아다니다
꽃게와 조개랑 문어를 사 들고
싸게 사서 재수 좋은 날이라며 서로 웃었다

오후에 들어오는 배에서
생새우가 촉 촉 촉 소리 내며 좌판으로 쏟아졌다
우린 잽싸게 큰 무더기를 잡고 흥정했다

집에서 가져간
소금 세 대접을 새우 한 말에 섞어 버무린 후
손수레에 넣고 수다를 떨며

바지락칼국숫집으로 들어갔다

술찌게미

할머니는 술 담그는 날이면
부엌 침침한 바닥에 깔아 놓은 맷방석에
누룩과 희뿌연 김이 나는 고두밥을 펼쳐 놓았다
손바닥으로 비벼서 엿기름물을 섞어
안방 항아리 속에 넣고 이불을 덮어 준다
숨을 쉬기 시작한 술이
몽글몽글 낙숫물 소리를 내며 울어 대면
바깥마당 나뭇간 안쪽 몰래 묻어 둔 술독에
거른 술을 담고는 솔가지로 높이 싸 놓았다
술 거르는 날이면
막내 고모와 당고모들이 모여 숨바꼭질 하다가
출출한 배를 채우려고 술 찌게미를 한 주먹씩 먹고 놀았다
멋모르고 따라 먹던 나는
부엌문도 나가지 못하고
고꾸라져 반나절을 잠들었다
이때부터
술 옆에는 얼씬도 못 하게 되었다
나이 들면서 술 마시고 싶은 날이 많아진다
보글보글대던 어릴 적 술 단지가 생각난다

팥시루떡

매년 현암사에 다녀오신 어머니는
입춘첩을
마루 기둥에 조심히 붙이셨다

저녁 무렵 질시루에 쪄 낸
팥시루떡을
장독 위에 올려놓고 치성을 드리셨다

손바닥이 닳아지도록 허리 굽혀
정성을 다하셨다

시루떡이 얼른 먹고 싶어
치성이 끝나기를 기다리던
초롱초롱 검은 눈동자들

치성을 마친 후 떡 접시들을
책상 위 안방 부엌 대문간 변소 앞에 놓던
어머니의 정월 첫 번째 행사

\>

팥시루떡 먹으러 오라는

어머니 목소리가 전화기를 타고 들려온다

열무김치

날이 더워 입맛을 잃은 남편
옥상 계단 아래 돗자리를 펴고 외식을 했다

열무김치 오이냉국
시골에서 가져온 가지를 무치고
호박잎을 찌고 풋고추 쌈장을 만들었다

칼칼하게 담근
열무김치 국물
엄마가 담갔던 열무김치가 생각났다

엄마는 붉은 고추와 마늘을 돌절구에 갈아
김치를 담갔다
쿵쿵 빻지 않고 절구공이를 옆으로
돌려 가며 갈았다

열무김치 익을 때
큰 양재기에 고추장 넣고 밥을 쓱쓱 비비면
숟가락 하나씩 들고
둘러앉은 동생들 얼굴이 오물오물거렸다

>

엄마가 담가 주셨던 돌절구 열무김치

그 맛이 가물거려

혀끝으로 침을 모은다

엿질금을 만들며

오산 오일장에서 겉보리 반 말을 샀다
던져 놓은 검은 봉지 속 보리의 아우성에 속이 시끄러웠다

보리를 물속에 담갔다
밤새 불은 보리를 꺼내어 소쿠리에 건져 낸 다음
사흘 밤낮 따뜻하게 잠을 재웠다

보리 싹이 손가락 한 마디만큼 자랐을 때 거실 한구석은
시골 할머니 집 윗방 그림과 냄새를 옮겨 놓은 것 같았다

콩나물이 물 먹고 키가 쭉쭉 올라오는 소리
수수깡으로 만든 둥근 울타리 안에서
삐죽이 고개를 들고 있던 고구마들의 숨소리가 들리던 방
방바닥 작은 멍석에 보리 싹이 마르고 있었다

누런 보리 싹을 손으로 비벼 닦아서
알곡만 골라 믹서기에 갈아 엿질금을 만들었다

올 설엔 엿질금 넉넉히 넣은
달달한 감주를 차례상에 올려야겠다

오이지

오이 두 접
오이지를 담갔다

김장할 때 쓰던 빨간 고무 통 속
눌러놓았던 돌을 들어 올리니
노랗게 익은 오이가
어머니 목주름처럼 쪼글쪼글하다

오이지 반 접
양파 자루에 넣고
통에 담아 어머니께 드렸다

수명 다 된 형광등처럼
기억을 깜빡깜빡하시는 어머니
하루에도 몇 번씩 전화를 해서
오이지 통을 찾는다

족발

중앙시장 단골 정육점
가지런히 포장되어 있는 미니 족

찌개용 사태고기를 사러 갔다가
눈에 들어온
튼실한 족 두 벌을 사 왔다

간장 통후추 생강 한약재를 넣고
족발을 삶았다

푹 삶아진 족발을 채반에 넣고 식히는데
백운산에서 넘어온 구름이
작년 이맘때 갔던
문수산을 향해 내달린다

족발과 총각김치를
맛나게 먹어 주던
살가운 얼굴들이 구름 속으로 숨는다

족발 냄새 맡고

동네 친구들이 현관으로 들이닥쳤다
총각김치 한 접시 푸짐하게 꺼낸다

주꾸미

왜목항 근처로 배낚시 다녀온 큰아들이
손바닥만 한 주꾸미를
한 바가지 될 만큼 잡아 왔다

살아 움직이는 것이
아기 발가락처럼 꼼지락거린다

굵은 소금을 한 주먹 넣고 박박 문질러
팔팔 끓는 물에 데쳐 낸다
메추리알만 한 머리와
국화 꽃잎처럼 뒤집어진 다리들은
접시 위에 꽃송이로 올라왔다

파리

간장게장 국물을 따라 내고
한 번 더 끓이는 동안
방충망에 달려든 몸통이 큰 초록색 똥파리들

어느 구석에 숨어 있다
비릿한 냄새를 맡고
25층 높이까지 올라왔다
이리저리 들어올 구멍을 찾느라 야단법석이다

네모난 작은 철사 구멍으로 얼굴을 들이대느라
둘씩 몸이 부딪치기도 한다

냄비 위로 가득 올라온 게장 거품을 걷어 내고
파리를 쫓는다

파리들은
방충망에 다리를 집어넣고
시위를 하는 듯 다닥다닥 붙어 있다

총각김치

사람들이 촘촘히 있어
골목이 좁아 보이는 관양시장

두레박 우물처럼 빙그르 둘러져
가지런히 올라앉은 총각무 다발과
담장처럼 쌓여 있는 쪽파 단들

총각무 열두 다발과 쪽파 다섯 단
배달을 부탁하고
생새우를 사서 서둘러 집으로 온다

떡잎을 떼고 무청 사이 흙을 칼등으로 긁어내
간수 뺀 소금물로 절인다

찹쌀 풀 쑤고
고춧가루에 새우젓과 생새우와 잘 익은 홍시 세 개로
버무린 양념을
착착 발라 붉은 옷으로 갈아입힌다

손가락에 거뭇거뭇 풀 물이 지워지려 할 때쯤

총각김치
맛있게 익었다고 끓어오르면

군고구마 한 입 넣고
총각김치 한 입 베어 물면
입 안 가득 자연의 맛이 어우러진다

토란국

껍질 벗긴 토란을 쌀뜨물에 데친 후
무와 쇠고기를 넣고 국을 끓인다

입 안에서 사르르 녹아 버리던 토란 속살
미끄럼을 타듯 어릴 적 기억으로
나를 데려갔다

추석이 다가오면
토란대와 토란을 지게에 지고 와
마당 한쪽에 쏟아 놓으시던 할아버지

할머니가 잎을 잘라 내고
토란대 껍질을 벗겨 쭉쭉 채를 내 멍석 위에 널면
우리들은 잎을 모아
옷도 만들고 모자도 만들어 놀았다

흙이 마른 토란을 부엌 귀퉁이에 두고
밥이 뜸 들 때 하나둘 아궁이에 묻어 놓으면
껍질이 까맣게 탄 속살은
하얀 우유 찐빵처럼 포근하고 부드러웠다

\>

온 가족이 둘러앉은 저녁 밥상에
토란국 김이 피어오른다
내 어릴 적 따사로움이 목을 따라 넘어간다

항아리

칠 년 전
한 해에 세 번이나
수술을 한 나는

말라서 비틀어진 수수깡이 되었다
면역력이 모두 몸에서 탈출을 해 버렸다

이듬해 봄부터 나는
몇 달을
산으로 들로 다니며 항아리 속을 채웠다

상황버섯 영지 곰보배추 민들레 미나리 씀바귀
백야초를 발효시켰다

베란다에 커다란 항아리 네 개
그중에
투박하고 배가 불룩한 것은
지금 나와 가장 닮았다

호박고지

시할머니 제사를 준비해 시골집에 들어섰다
장독대 광주리에는
대추 가지 애호박이 햇볕을 쬐고 있다

통통했던 애호박은
가을 햇볕에 잘 말라 쪼그라들었다
볼품 하나 없이 물기 빠진 애호박이다

어머님 몸은 더 쪼그라들었다
무거운 물건도 번쩍 들어 주시던
건장했던 체구

장독대에 앉아
호박을 뒤집는 손이 느릿한 어머니
호박고지와 겹쳐 보인다

제2부 고향과 현재 생활 일상 체험의 시편들

다육이

따스한 바람이 부는 삼월 한낮
베란다 다육이 앞에 돋보기 쓰고 쪼그려 앉아
핀셋으로 묵은 잎들을 집어낸다

겨우내 꽃을 피우고 있는 화분부터
가을 단풍 옷을 벗어 내고 있는 화분들

떡잎이 겹겹 울산바위를 닮은
간도리스 철화가
겨울 추위를 못 견디고
끝부분에 얼음 박혔던 흉터를 얻었다

천대전송은
흑두루미처럼 목이 긴 꽃대에
봉오리를 비죽이 올리고 있다

한 평 남짓 모여 있는 다육이들
봄 마중 준비가 한창이다

까치밥을 쳐다보다가

아파트 앞마당
잎이 다 떨어진 나뭇가지에
홍시 서너 개 매달려 있다

까치가 먹고 간 자리에
박새 두 마리
감 하나씩 마주하고 앉아
바쁘게 쪼아 댄다

시집오던 해
시골집 뒷마당 감나무에 올라가
감을 따려다
가지가 부러지면서
채소밭에 떨어져 큰대자로 누웠다

놀란 시부모님이 흔들어
정신이 들었을 때
내 등짝에
쪽파와 갓이 뭉개져 있었다

>
지금은 늙어서 베어진 감나무
밑동에 검은 버섯만 자라고 있다

돋보기

거실 바닥에
넓게 이불 홑청을 펴 놓고
목화솜 이불을 시침질한다

사방을 둘러 가며 꿰매다
얼굴을 들어 보니

신발장 문짝에 붙어 있는 거울에
내 어릴 적 엄마가 앉아 있다

동그란 돋보기 너머로
눈을 밀어 올리며 반겨 주던 엄마

어느새
나도 돋보기 너머로
내 식구들을 반겨 주는 나이가 되었다

미루나무 길은 안녕할까

오랜 가뭄으로 대청호에 물이 줄어
가장자리에 나이테처럼 결이 생겼다

저쯤이면 우리 집인 것 같아
그 언저리까지 돌팔매를 던져 본다
풍덩 소리를 내며
깊고 나직한 한숨이 강바닥에 드러눕는다

칠 남매가 살을 부비며 곰실곰실 살아가던 곳
속을 보이면 금방이라도 걸어갈 듯 가까운데
빗장을 잠근 듯 고요하다

가뭄이 심했던 어느 해엔
동네 길바닥과 항아리들도 올라왔다던 곳
새말 할머니 댁 가는 미루나무 길가에 피어나던
붉은 참나리 꽃은 물속에서 계절을 잊은 걸까

오랜 가뭄에도 물 밖으로 얼굴을 내밀지 않는 미루나무 길

구불구불 할머니를 닮은 그 길을 마음으로 걸어가며
강둑으로 넘어오는 물안개를 따라가 본다

물지게

참죽나무가 하늘을 뚫을 것처럼 높고
매미들은 마지막 울음을 토해 내기 바쁜
할머니 집 마당가에는 펌프가 있었다

마중물을 부어 펌프질을 힘껏 하면
굵은 물줄기가 따라 올라왔다

나는 금방 한 양동이를 담아
사랑방 쇠죽 쑤는 커다란 무쇠솥에 가득 채워 놓았다

저녁 무렵 또래 친구들은
작은 물지게 양쪽 막대기에
양철 물통을 매달고 출렁거리며 줄지어 집으로 향했다

친구에게 물통을 져 보고 싶다고 졸라
물지게를 지고 일어났다

앞으로 가려고 해도 몸은 움직이지 않고
출렁출렁거리다가 반도 넘게 흘려 버린 물

\>

머뭇머뭇하다
출렁거리는 물지게처럼
젊음을 흘려보냈다

박꽃

한낮이 부끄러운지
꼭 다물었던 꽃망울은
해 질 무렵 꽃잎을 열었다

아기 속살같이 부드러운
하얀 별 모양 꽃이 활짝 피어
달도 별도 내려다보며 인사할 때
뽀얗게 어둠을 밝히는 박꽃

꽃 하나에 보름달 하나씩 메고 와
지붕 여기저기 올라앉은 둥근 박

이런 초가을 밤이면
참기름에 달달 볶은 박나물과 시원한 박속낙지탕
박고지가 아작아작 씹히는 김밥으로
그대에게 한 상 차려 내고 싶다

병

아침이면 습관적으로
베란다로 나가
줄 서 있는 화분들을 보며 웃는다

세탁기에서 꺼낸 빨래들
수건 속옷 윗옷 바지 줄 맞추어 넌다

싱크대 그릇들도
냉장고 반찬 그릇도
화장대 화장품들도
줄을 맞추고 있다

언제부터였을까
일상이 되어 버린 줄
머릿속에서는 오늘 할 일들이
번호를 부르며 줄 서고 있다

줄 맞추는 큰 병에 걸려 있다

배웅

친구 희순이를 땅에 묻고 온 날
맑았던 하늘에선 소나기가 퍼부었습니다

하늘도 내 마음처럼
가는 길을 잃었나 봅니다

복사꽃 환한 꽃길 걸으며 까르르 피어나던 웃음소리가
어제처럼 생생한데
막다른 골목을 지키는 느티나무 그림자처럼
수많은 파문이 가슴속을 파고듭니다

내가 탄 버스가 보이지 않을 때까지
손을 흔들며 서 있던 친구
오늘은 내가 소낙비를 맞으며
오래도록 손을 흔들어 주었습니다

우리의 이별을 위로해 주는지
영덕 하저길 동산에 피어 있는
붉은 참나리와 진보라색 가시엉겅퀴꽃도
가느다란 몸을 흔들고 있습니다

>

늦은 밤

동서울터미널에서 내린 나는

달려온 막차 바퀴처럼 아팠습니다

봄이다

늦가을 가지치기를 심하게 당했던 벚나무
몇 개 남지 않은 가지에
꽃을 피우려고 발을 동동거린다

온몸을 담장에 걸쳐 놓고
병아리 주둥이만 한 꽃들을 터뜨리는 개나리

부녀회에서 심은 팬지 데이지 금잔화가
화려한 색으로 꽃을 피워 내고

땅바닥에 납작 엎드린 민들레가 환하게 웃고 있다

동네 한 바퀴를 돌고 온 어린이집 아이들이
냉이된장국 향을 퍼뜨리며
현관문을 열고 들어간다

사랑초

화분 분갈이 흙에 휩쓸려 들어갔던
사랑초 한 뿌리
산세베리아 사이에
삐죽이 잎 하나 내밀고 나오더니
얼마 지나지 않아 또 한 잎이 나왔다
얽혀진 산세베리아 뿌리 사이에서
안간힘을 쓰며 올라와
빈틈을 채워 가던 사랑초
하나씩 잎을 더하더니
그곳이 제집인 양 꽃까지 피워 냈다
밤이면 잎과 꽃을 반으로 접고
아침이면 팔을 활짝 벌리고 맞이하는 사랑초

어린 시절
약국집 큰 대문 안에
다섯 가구가 북적거리며 어울려 살았던 것처럼
좁은 틈에서 조금씩 키를 늘리고 몸을 불리며
세를 넓히고 있다
창문으로 들어오는 칼바람에도
꽃잎을 하늘거리며 춤을 추는 모습이
오래전 큰대문집 아이들처럼 호기롭다

비키니 옷장

이삿짐센터
사다리차가 바쁘게 움직인다
22층 높은 곳에서 곡예사처럼
줄을 타고 오르락내리락한다

이삿짐을
쳐다보던 나는
흔치 않은 비키니 옷장을 발견하고
오래전 그때를 생각했다

비키니 옷장과 사과 박스 너댓 개가
전부였던 살림살이를 싣고
용달차 조수석에서
가방을 꼬옥 끌어안은 채 올라와
부엌도 욕실도 없는 단칸방
서울살이 자취를 시작했던 나

살림살이 중에 제일 컸던 비키니 옷장
결혼할 때까지 쓰다가 친정집에 보냈는데
봄맞이 청소를 하던 엄마 손에 버려졌다

\>

옷장 속에 감추어진 내 젊은 시절이
사다리차에 매달려 있다

눈시울이 뜨거워졌다

빨강 다후다 잠바

설설 기어서 온다는 설을
어린 날 손꼽아 가면서 기다렸다

추운 겨울방학 내내
구멍 숭숭 뚫린 윗도리에
털실로 짜 주신 궤바지를 입고 겨울나기를 했다

설 대목 문의 장날 문화상회에서
엄마는 방학 동안 동생들 잘 돌보라고
빨간색 나일론 다후다 잠바를 사 주셨다

동생들을 업어 줄 때엔 등 뒤에 코를 흘릴까
잠바를 벗어 둔 채 업어 주고
보물인 양 아껴 가며 입었다

벗어 놓은 잠바를 허수아비처럼 입고 놀던 동생이
마루에 있는 연탄난로에 부딪치며
등짝이 바짝 쪼그라들었다

얼굴이 잔뜩 붓도록 울어 봐도 소용없는 일

잠바 등짝엔

엄마의 월남치마 붉은 꽃무늬가 엎드려 있었다

새싹

텃밭 다섯 평
삽으로 밭갈이하고 두둑을 만들어
사나흘 잠을 재웠다

작년에 받아 두었던 씨앗을
흙 속에 숨겨 주었다

봄비가 밭둑을 밟고 지나간 후
퉁퉁 부은 씨앗들이
꼼지락대며
땅을 흔들고 있다

반짝이는 햇살
씨앗은 밖이 궁금한지
여기저기 얼굴 내밀었다

서울로 7017

회현에서 걸어 온 고가도로

네덜란드 건축가 위니 마스가 설계한 공중 정원
다리로 연결된 호텔 마누에서
아메리카노 한 잔을 마시고 다시 걸었다

벤치와 수변 공간
많은 나무들과 장미 정원
수련과 부레옥잠이 물속에서 춤추고 있다

서울로 공중 정원
작은 공연장에 사람들이 모여 있다

굴레방다리 이모 집을 갈 때면
고가 위를 돌아가는 버스 안에서
아래로 떨어질까 봐
손잡이를 꽉 잡았던 기억이 새롭다

시간이 멈춘 곳

휑하니 초점 잃은 눈으로
베개를 비스듬히 받치고 누운 앙상한 몸

'누나' 하고 한 번만 불러 달라는 엄마의 간절한 바람에도
낯선 사람처럼 고개를 돌린다

중증 치매를 앓고 있는 동생에게
잣죽을 떠먹여 주며
파르르 떨던 주름진 엄마 손

하얀 얼굴에 키가 크고
맑은 웃음을 마냥 보내 주셨던 모습은
아직도 선명한데
외삼촌 기억은 어디에서 탈선한 열차 바퀴처럼 멈춰 버
린 걸까

사랑요양병원 706호

금방이라도 끊어질 듯 낡아 가는 삶의 끈이
외삼촌 등을 자꾸만 밀어내고 있는 것만 같다

앞마당 풍경

바지랑대에 졸고 있는 고추잠자리
심심한 바람이 흔들어 놓고 달아난다

고구마밭에서 뒤집어썼던 흙을 털어 내고
매미처럼 탈피를 하고 난
식구들의 거죽이 빨랫줄에 매달려 그네를 타고 있다

티셔츠 가슴팍에 박힌 커다란 홍점알락나비 그림이
반으로 접혀서 매달리고
잔잔한 꽃무늬 고무줄 바지는
붙잡힌 허리가 떨어질까 빈 다리를 허우적거린다

빨랫줄 맨 끝에 자리 잡은 속옷들과
빨래집게에 매달린 양말들은 자기 짝을 찾느라 수런거리고
짓궂은 바람이 한 번씩 지나가면
모두 빨랫줄에 매달려 허공을 휘젓는다

저물녘 앞마당 소나무 위에는
초여름 둥지를 튼 때까치가
빈 둥지를 지키는 가을 저녁이다

월요일 오전 8시

앞 동 아파트 지붕에서
외줄에 몸을 매달고 내려오는 남자
외부 도색을 하는 붓놀림이 분주하다

허공을 가르며 껑충 발을 뗄 때마다
내 가슴이 철렁 내려앉기도 하지만
아는지 모르는지
날다람쥐처럼 이쪽저쪽을 날아다닌다

긴 줄을 당길 때마다
온몸이 허공을 빙그르 감기도 하고
손과 발이 하늘을 휘적거리며
출렁거리는 몸짓

외줄 타듯 할 때가 많았던 지난 내 삶이 생각나
허공에 매달린 남자의 두 발에
자꾸만 눈길이 간다

남자의 완벽한 시간은
늘 공중에서 빛나듯

지나온 내 시간도
외줄에 흔들리며 영글었을 것이다

창문으로 반사된 햇빛이
남자의 얼굴을 붉게 물들이고 있다

피튜니아

학의천 다리 난간
진분홍 꽃으로 물들었다
다리는 어느새 꽃밭이다

차를 타고 달리며 놓쳐 버린 꽃들이
어느새 가까이 다가와 있다
꽃을 피우려고 안간힘을 쓰는 소리 오늘 내게 들린다

물줄기가 막히고
축 처진 꽃들은 목이 마르다
저녁 무렵 호스에 물길이 트이자
꽃들이 하나둘 고개를 들기 시작했다
미지근한 바람을 지고 일어서는 꽃들

며칠 전 쏟아부은 장맛비에
화려하던 꽃잎도 지쳐 누렇게 생을 마감하는 중이다
가만히 들여다보니
누런 잎 사이사이 파랗게 새순이 돋고 있다

나는 마스크를 쓰고 꽃들을 들여다본다

꽃들은 맨얼굴로 활짝 웃고 있다
사람보다 강한 꽃들이 지금
활짝 일어서는 중이다

내 고향 대청호

문산관에 올라 대청호 바라보니
뿜어져 나오는 물안개
두루봉 용굴에서 승천하는 아홉 마리 용처럼
하늘로 휘감아 오르고
운슬로 반짝이는 호수 그림처럼 펼쳐지네 대청호

양성산에 올라 대청호 바라보니
어둠을 뚫고 태양이 솟아오른다.
금빛 물결 찬란하게 펼쳐지고
지혜로 빛났던 조상들의 숨결이
숲길 따라 물길 따라 들길 따라
굽이굽이 수려한 대청호 오백 리 길 재촉하네.

현암사 종소리 대청호에 울려 퍼지니
휘휘 흔들리는 갈대숲에서 불어오는 바람 소리
수초 섬도 내 마음같이 가슴 설레는
내 고향 대청호
내 고향 문의의 숨결
밤하늘 북두칠성 빛을 발하네
내 고향 대청호에 빛나네

\>

문산관에 올라 대청호 바라보니
금빛 물결 화려하게 꽃을 피우네
대청호 새 생명 꽃피우리 내 고향 대청호

* '청주를 노래하다' 제2편 〈문의문화재단지〉 노랫말.

육거리 시장

새벽 별빛이 무심천에 수를 놓고
어둠이 뿔뿔이 흩어지려 할 때
꽃다리 대로변
도깨비시장이 열린다

보은 회인 가덕
청주 인근 농작물이
장터에 자리 잡고
동틀 시간 기다린다

꽃다리 건너
싸리버섯 가다발과 올갱이를 찾았다
엄마 손엔 어느새 아욱과 부추 봉지가 들려 있다

어둠이 자리 뜰 때쯤
육거리엔
시내버스 첫차들이 사방에서 달려든다

제3부 여행과 등산 관련 시편들

감은사지 마을에서

감은사지3층석탑 옆
은행알들이 널브러져 있는 평상을
나뭇가지로 쓸어 내고 일행들과 앉았다

알록달록 단풍 든 나무들
잘 익은 감들이 눈으로 들어왔다

때를 기다리다 지친 홍시가
풀숲에 철퍼덕 퍼졌다

안타까워하는 소리에
사람 구경 나오신 허리 굽은 할머니가
장대를 들려 주셨다

홍시를 몇 개 따서 먹고
사탕과 귤을 드리고 일어서니
자식을 보내는 만큼 못내 아쉬운지
손을 흔들고 서 있다

할머니 모습이 점점 작아지고 있었다

도구 해변

비 오는 겨울 바다
작은 자갈에 부딪치는 사그락 소리
어릴 적 엄마가
자배기에 보리쌀 비벼 닦는 소리처럼 편안하다

빗방울은 떨어지며 파문을 만들고
돌 구르는 리듬에 맞추어
해변 데크에 기대서서
발바닥 장단을 넣어 본다

톳들은 몸을 튕겨 대며 마구 흔들어 노래하고
바닷속 갈색 풀잎들은 넘실넘실 춤을 춘다

갈매기 떼가
바다 입구에서 호객 행위를 한다

물안개

돌무더기 속에서
하얀 구름 꽃이 소록소록 피어오른다
잔잔하게 흐르던 강물도 눈을 뜨고
붉게 물든 잡풀들도 몸을 곧추세웠다

지는 가을이 못내 아쉬운지
새벽부터 한참 목 놓아 울어 대던 까마귀
영주 부석사 가는 갈래 길
스쳐 가던 바람도 잠시 멈추어 섰다

곱게 물든 단풍을 희미하게 보여 주며
물안개가 휘감아 오르는
단양 소백산 자락 길

아버지 웃음 같은 잔잔한 강물
붉은 산 그림자 안은 채
물속 하얀 구름 꽃이 소록소록 피어오른다

독도를 밟다

울릉도에서
독도 가는 배를 탔다

한 번도 가 보지 못한
그곳에 발을 딛고 싶은 마음 간절했다

잔잔하던 뱃길 출렁이고
접안하려 기다릴 때
바닷물이 유리창을 때리며 솟아올랐다

접안 못 하면 어쩌나
웅성거리는 배 안

하선하라는 안내 방송에
관광객은 손에 든 태극기를 흔들었고
스피커에선 〈독도 아리랑〉이 흘러 나왔다

독도 땅을 밟도록 주어진 시간
이십 분

\>

가슴속에선
뭉클함이 똬리를 틀고 올라왔다

별 이불

늙어 가는 몸에
바람이 들어 배낭을 꾸렸다
남원행 기차를 타고 인월행 버스에서 내려
시래깃국으로 늦은 점심을 먹고는
지리산 둘레길에 들었다
구불구불 둑방 길을 따라 걷다 보니
추수 끝난 넓은 논바닥엔 볏짚 태우는 연기
시골 냄새를 모아 놓은 것 같아
콧구멍 평수를 넓혀 가며 취하게 했다
어미 소가 송아지와 함께 풀을 뜯고 있다
평화로운 매동마을
감나무에 홍시가 지천이다
앞서가던 수녀님도 감을 쳐다보고 있다
들깨 단을 털고 있는
눈치 빠른 아주머니가 하나씩 따 먹어 보란다
감나무가 있는 할머니 집에서 저녁밥을 먹고
옛날얘기를 들어 주었다

아주 오랜만에
별 이불을 덮고 잤다

불면

바다가 하늘로 올라가 있다

넓게 펼쳐진 바다 끝부분에
크고 작은 산이 있고
군데군데 집들이 자리 잡고 있다

눈 깜짝할 사이에
산과 마을은 모두 사라지고
하얀 비누 거품만 욕조 가득 몽실몽실 남은 듯하다

술래가 되어 고개를 숙였다 드니
양들이 떼를 지어 내달리는 하늘

잠시 한눈판 사이
산도 집도 양들도 오간 데 없고
늦여름 소나기를 퍼붓는 새벽

홍매

해송 가득한 비탈진 언덕 아래
파란색 슬레이트 지붕을 얹은 외딴집
텃밭에 마늘이 한 뼘쯤 자라고 있다

텃밭 가운데 홍매 한 그루
봄을 알리고 싶었는지
꽃봉오리를 터트리고 있다

낮은 돌담 너머로
하얀 포말을 이끌고 달려오는 파도
매화 향을 데리고 바다로 달아난다

들마루 앞에서
매화꽃을 누리며 졸고 있는 흰둥이
어릴 적 봤던
그림책 속으로 들어온 것 같다

봄바람 따스한 남도의 2월
나는 마늘밭 가에서
매화보다 네가 더 곱다며 웃어 주던

오래전 당신이 생각나

붉어진 얼굴 주름을 꽃 속에 새겨 놓고 왔다

양재천 벚꽃길에서

벚꽃길 따라
화개장터를 둘러보고
쌍계사 가던 섬진강 줄기가 생각났습니다

우리는 십리벚꽃길을
걸었다
달리다
날리는 꽃에 맘껏 행복했었지요

두 손 내밀어
꽃비를 함께 맞고
노래 불러 주었던 그대

오늘
양재천 벚꽃길에서

그대
생각을 하다
벚꽃 한 소쿠리 담아
그대에게 쏟아붓고 왔습니다

장산곶

바다와 하늘이
새파란 백령도

심청각 올라서서 바라본 장산곶 너머 황해도

심청이 치마가 걸려 연꽃이 되었다는 연봉바위
바다 위에 솟아 있다

새털구름은 너울너울
가마우지들은 날개 펴고
자유롭게 장산곶 넘나든다

발이 묶인 채
고향 땅 바라보다 늙어 버린 실향민
새가 되어 날아가고 구름 되어 흘러가고픈 애타는 마음

그 마음 헤아리듯
가마우지 떼 저곳 장산곶까지
갔다 되돌아온다

제부도

노둣길 지나
크지도 화려하지도 않은
작은 섬 제부도

갯벌이 밀물에 쫓기어
바닷물 속으로 사라진다

구름을 벗어나는
붉은 해

불기둥 매달고
바다는 거뭇한 천에
황금 실로 외주름을
드르륵드르륵 박아 댄다

매바위로 떨어지는 붉은 태양

청령포에서

물줄기 굽어 있는 서강을
쪽배 타고 건너간 청령포
노산대에 앉아

빼꼼한 하늘을 올려다보니
그 옛날
탄식하던 한숨 소리에
놀란 구름은 빠르게 흘러간다

사방은 열두 폭 치마 주름처럼
소나무들이 겹겹 둘러싸여 있다

망향탑을 쌓으며 한양을 그리워했다는
단종의 사연
관음송이 전해 주는 얘기를
다 들어 주고 싶었다

하늘공원에서

억새 잎에도 소리가 있다
가을바람에 바스락거리는 저 소리는
억새들의 목소리다

가만히 들어 보니 바스락바스락
억새들의 목소리가 아닌
가을의 목소리였다

저녁노을에 반사되는 억새
언제부터 이곳에 터를 잡았을까
291계단을 올라와 하늘 가까운 곳에 자리 잡은 억새들
나는 살던 곳에서 떠나온 지 오래되었다

전망대에서 본
한강대교 건너 내가 살던 옛집
높은 빌딩들에 가려 보이지 않는다

옥상에 올라가
화단 텃밭에 고추와 상추를 심어
평상에서 삼겹살을 구워 먹던

\>
강 건너
난지도 쓰레기 더미가 만들어 놓은 산봉우리 두 개
가끔 연기가 피어올라 하늘에 줄을 달면
한강에 떠 있던 요트 한 척
그네처럼 리듬을 타며 지나가고

하나 둘 셋
서울의 불빛들이 돋아나기 시작했다
내가 살던 옛 하늘이 보이지 않는다

호압사

화강암으로 정교하게 쌓아 올린
연못만 한 우물

처마 밑으로 튀어 올라온
우물 속 물고기들이
맑은 소리로 절을 찾는 사람들을 반기고 있다

절 마당 늙은 느티나무 두 그루
한 그루는 버팀목으로 부축받고
또 한 그루는 시멘트 살을 붙이고 있다

마치 당신과 내가
서로의 버팀목 기둥을 세우고
자식들 빠져나간
빈 가슴을 채워 주며 살아가고 있듯이

제4부 가족 관련 시편들

기제삿날

문의면 덕유리 478-1번지
새말 지름달산
숨을 몰아쉬며 오른다

산소 쪽으로 난 길에는
도토리와 산밤들이 수두룩하게 널려 있다

은하수를 닮은 취꽃 무더기와 산국과 구절초
옻나무와 갈참나무 잎이 수놓은
가을에 이곳으로 오신 아버지

산소에 돗자리 펴고
아버지 팔베개하고 누워
양성산과 대청호를 바라본다

그 바늘은 어디로 갔을까

엄마가 시집올 때 해 온
번쩍거리는 공단 이불은 장식용이었다

검정 광목에 하얀 이불깃
빨간색 이불깃에 하얀 광목 이불
반닫이 위에 나란히 올렸었다

이불 홑청을 꿰매는 날에
동생과 나는 반닫이에서 뛰어내리며
이불 가운데에서 뒹굴며 놀았다

바늘에 실을 끼우려다
잠깐 부엌에 나갔다 온 엄마는
얼굴이 하얗게 질렸다

기어 다니는 동생과
이불을 흩어 놓고 놀고 있는 우리를
윗목으로 밀어 놓고
바늘을 찾았지만 어디에도 없었다

\>

실도 없이 사라진 바늘 때문에
동생과 나는 수수빗자루로 매를 맞았고

엄마가 양 무릎을 세우고 실타래를
넓적한 나무 실패에 다 감을 때까지
우리는 벌을 섰다

찾지 못한 바늘 대신
바늘쌈에서 다시 꺼내 코티분 통에 넣어 두셨던 엄마
그 바늘은 어디로 갔을까?

따뜻한 손

병실에 누워 계신 어머님
손을 꼭 잡고 안도의 눈빛을 보내 준다

어린아이가 되어
물어봤던 말을 묻고 또 묻는다

아기처럼 평화로운 얼굴

힘들게 살아온 세월들을
잊어버린 듯
가족들을 기다리며
벽에 걸린 시계만 바라본다

손가락 마디마다
깊은 옹이가 박혀 있다

얼굴을 닦아 드리는데
어머니의 큰 손이
내 작은 손을 따뜻하게 감싸 쥔다

아버지 등산화

신발장 맨 위 칸
주인 잃은 등산화 한 켤레

아버지 떠난 지 오래지만
엄마는 그리움 신발로 대신하고 있다

아들이 선물해 준 등산화
몇 번 신어 보지도 못한 아쉬움인지
나란히 두 쌍의 등산화를 올려놓고
가끔씩 꺼내 먼지를 털어 낸다

엄마는 아버지 등산화를 옆에 두고
안부를 물어보기도 하며
혼잣말로 얘기한다

자식들과 잘 지내다가
병들어 힘들어지면 빨리 오란다고
녹음기 소리처럼 볼멘소리 한다

베란다 구석에 잊어버린 봄이 있다

큰아들 생일 선물이
베란다 한쪽 구석에 처박혀 있다

오래 묵은 잠을 털어 낸 자전거
빈 안장에 내가 방치한 시간만큼 먼지가 쌓여 있다

베란다 창을 두드리다
돌아선 봄은 몇 번일까

안양천을 지나 여의도 한강 둔치
의왕 왕성호수에서 싣고 온 바람도 이미 다 말라 버렸다

발목을 다친 후 놓쳐 버린 페달은
늘 제자리만 돌고 돌았다

모처럼 백운호수를 만나러 갈까

자전거를 거실에 옮겨 놓고
체인에 기름칠하고 먼지도 닦으며
광도 내 본다

\>

말갛게 모습을 드러낸 묵은 잠을 털어 낸 자전거가

간절한 눈빛으로 나를 바라본다

어머니의 곡교천

온양장 구경하고
어머니와 집으로 가는 길

현충사 입구
아름드리 은행나무 가로수 길에
소풍 나온 아이들이
샛노란 은행잎을 한 손 가득 잡고 흔들어 준다

곡교천 따라 황금 비단 길을 깔아 놓은 은행잎
꽃을 거두고 있는 코스모스가 못내 아쉬워 몸을 흔들고 있다

어린 시절
탕정에서 현충사에 소풍 왔던 날을 용케 끄집어내는 어머니
토막 난 기억들이 살아난다
올갱이 잡다 냇물 따라 집으로 갔다며
어제 일처럼 들려준다

어죽 한 대접 드시고
쪽잠 자는 어머니는

곡교천 바닥에서

토막 난 기억들을 잡아 올리고 있다.

뒤늦은 고백

아이들의 노는 소리에 골목이 시끄러웠던 겨울방학
처마 밑 고드름 따 먹기를 하던 친구들
나는 방 문짝에 달린 유리 구멍으로 연신 내다보며
마음은 이미 골목으로 나가 있었다

어서 놀러 나가고 싶은 생각에
동생 밥을 내가 많이 퍼먹고
남은 밥을 조금 떠서
젖을 뗀 지 얼마 안 된 넷째 동생에게
물에 씻은 김치를 얹어 밥을 먹였다

어느 날 보니
돌아앉아 흙벽을 손가락으로 파 먹고 성냥골을 먹었던
형제 중에 키가 제일 작고 여린 넷째 동생 경숙이
어려서 먹는 것이 부실했는지
만날 때마다 애잔한 마음이 든다

장날

남춘천역에 내렸다

마냥 걸어도 끝없이 펼쳐진 오일장
더덕 도라지 알밤 앞에 서성거리다
장마당에 앉아 있던 할머니가 생각났다

오가리길 지나
노산에서 나룻배 타고 강 건너갔던
신탄진 장날

꽃무늬 메리야스와 빤스 한 벌
생일 선물이 좋아서

콩 닷 되 이고
할머니 따라 이십 리 길을 나섰던
그 어린 계집애는

장날이 되면
아직도 가슴이 설렌다

음식과 고향과 가족과 여행의 시편

공광규(시인)

1

　김선희는 2020년 등단했다. 시집『감 등을 켜다』는 그의 첫 번째 시집이 된다. 시인은「시인의 말」에서 집 안에서 오랫동안 키우고 있는 행운목이 꽃을 피웠다는 것을 알리고 "사는 게 바빠 멈추어 섰던 많은 날들/ 마음속에서 꿈꾸며 키워 온/ 시어들이 밖으로 나와 뿌리를 내리려" 한다며 자신의 시에 대한 믿음을 고백하고 있다. 그리고 "은은한 꽃 향을 피우며/ 사람들의 마음을 따뜻하게 토닥이고 싶은 바람으로/ 첫 시집을 펴"낸다고 시집 출간 의도를 밝히고 있다.

　자신의 생활 일상을 서정적 문장으로 표현하는 시 창작 기회를 바쁜 생활로 갖지 못하고, 마음속으로만 키워 오다, 급기야 그런 마음이 터져 시를 쓰게 되었다는 것이다. 이렇듯

시 창작 계기를 갖게 된 김선희는 일상 제재와 쉬운 언어로 다정다감한 마음을 표현하는 재능을 시집에서 발휘한다. 이 시집에 실린 제재를 몇 가지로 유형화하면 음식, 고향, 여행, 가족일 것이다. 우리 일상에서 뗄 수 없는 생활소재들이다.

음식 제재에서 시인은 가공이 필요 없는 과실이나 가공 과정이 필요한 요리 등 다양한 음식들을 호명하며, 고향 제재에서는 수몰된 고향 마을에 대한 그리움이나 성인이 되어 돌아보는 유년이나 성장기 사건들을 풍경으로 재현한다. 여행 제재에서는 시의 공간을 넓혀 독자들에게 지리적 정보를 주고, 시인이 여행지에서 느끼는 정서를 공감하게 한다. 가족 제재에서는 시인의 내면 정서를 형성하는 가족 관계와 현재 생활 일상을 일화 중심으로 진술하고 있다.

2

김선희 시집에서 가장 흥미 있는 부분은 음식을 제재로 한 시편들이다. 음식은 우리가 일상에서 하루도 거르지 않고 만나는 시각, 미각, 후각을 자극하는 시의 소재 가운데 하나다. 이런 음식 관련 제재에 관심을 두고 대량의 시를 적극적으로 창작한 시인은 그렇게 많지 않다. 그리고 음식 소재를 등장시켜 진술한 시들 가운데 백석 시인의 작품들 말고는 그렇게 풍부하지 않은 실정이다. 그런 면에서 김선희의 음식 시들은 시단에 중요한 의미이고 가치임이 분명하다.

김선희 시에는 감을 깎아 빨랫줄에 매달아 놓은 곶감이 있고, 시골 방앗간 가래떡이 있으며, 시골에서 올라온 종이 상자에 담긴 고추와 단감과 고구마 등 가을걷이가 있다. 늙은 호박과 붉은 고추가 있으며, 어려서 밤참으로 먹던 고구마와 고모와 추억이 있는 막걸리와 국수물이 있다. 시골서 따 온 노각이 있다.

이렇게 김선희는 자신이 손수 경험한 다양한 음식 재료를 시에 등장시키고 구체적 요리 체험을 통해 습득한 조리 방법을 진술한다. 김선희는 이런 음식을 통해 현재에서 과거로, 과거에서 현재로 시간과 공간을 넘나들며, 현재 화자의 도시 일상과 과거 농경 사회의 가족과 일상을 회고하며 독자를 시 속에 흡입시킨다.

어젯밤 시골에서 올라온 올망졸망 검은 봉지와 박스들
거실 가득 널브러져 있다
박스 감옥에 갇힌 고추벌레
집을 나와 검은 봉지 위에 길게 누워 있다

고추를 크기대로 소쿠리에 담았다
큰 고추는 동치미 담글 삭힘용으로 양파 자루에 담아
소금물에 넣고 돌로 꾹 눌렀다
매운 고추는 식초 물에 담갔다 건져
찹쌀 옷을 입혀 찜솥에 한 김 올린 후 채반에 얇게 펴 널었다

고추부각 먹을 얼굴들이 둥그런 채반 위에서 웃고 있다
밀가루를 묻혀 금방 쪄 낸 작은 애고추
양념간장에 버무려 늦은 점심밥을 먹었다

허리 한번 펴 볼 새 없이 수확해 온
단감 고구마 늙은 호박 고추 가지
시골집 텃밭을 통째로 옮겨 온 유기농 가을걷이들
하루 종일 거실에서 종종걸음을 쳐 보는데
아이구 허리야 하던 엄마가 내 속에서 따라 나온다
허리 펴며 툭툭 주먹손을 치는 엄마가 겹쳐 따라서 해 본다
나도 가을로 들어서는 중이다

—「가을걷이」 전문

  시인은 시골에 사는 부모님이 올려 보낸 가을걷이를 나열
하고 있다. 그 가운데 고추는 소금물에 담가 돌로 눌러놓고,
매운 고추는 찜을 쪄서 채반에 펴 넌다. 그리고 밀가루를 묻
혀 쪄 낸 작은 애고추를 양념간장에 버무려 늦은 점심을 먹
는다. 원재료를 구체적으로 조리하는 과정을 진술하고 먹기
까지 한다.
  그러나 이 시는 여기서 끝나지 않는 장점이 있다. 여러 가
지 농산물을 정리하다 아픈 허리를 펴면서 "아이구 허리야"
하면서 동시에 엄마를 현재로 데려오는 것이다. 화자는 어느
덧 옛날 엄마와 같은 나이가 되어 "허리 펴며 툭툭 주먹손을

치는" 과거 엄마와 같은 행위를 한다.

시인은 시「고모」에서 노란 주전자를 보면 연락이 끊긴 고모가 생각난다고 한다. 고모와 보리 베고 감자 캐는 날 국수 광주리를 이고 가는데, 고모가 막걸리 주전자를 한 번씩 홀짝거리다 벌컥벌컥 들이마시고는 "어린 조카가 무거워서 질질 흘렸다고 둘러"대는 모습. 술에 취한 고모가 화자를 뽕나무 가지 위에 올려놓고 흔들어 주며 노래 부르던 기억을 떠올린다. 이처럼 김선희는 음식을 통해 과거의 가족과 일화를 사실적이고 재미있게 그려 나간다. 아무튼 김선희의 음식 관련한 시들, 음식에서 다른 시간과 공간과 인물을 떠올리는 방식은 그만의 특징이고 개성임이 분명하다.

위에 언급한 시들 외에도 '도토리묵'(「흑백필름」), '백김치'(「백김치」), '냉이된장찌개'(「냉이」), '바지락칼국수'(「소래포구」), '술찌게미'(「술찌게미」), '팥시루떡'(「팥시루떡」), '열무김치'(「열무김치」), '감주'(「엿질금을 만들며」), '오이지'(「오이지」), '족발'과 '총각김치'(「족발」), '주꾸미'(「주꾸미」), '군고구마'와 '총각김치'(「총각김치」), '토란국'(「토란국」), '간장게장'(「파리」), '호박고지'(「호박고지」), '냉이된장국'(「봄이다」)을 비롯해 '홍시'(「별 이불」), '어죽'(「어머니의 곡교천」), '박나물'과 '박속낙지탕'과 '김밥'(「박꽃」) 등 시편 곳곳에서 다양한 음식을 등장시킨다.

나열한 음식 종류와 시 제목들만 봐도 김선희는 가히 '음식 시인'이라는 것이 드러난다. 그의 음식 관련한 시 가운데 가장 걸작은 연상을 통해 심상을 감각화하고 내면화까지 성공한「감 등을 켜다」일 것이다.

감농사가 풍년이라며 지인이 보내온

둥시감 세 박스

이틀을 꼬박 앉아

헝클어진 실뭉치 풀어 감듯

깎고 또 깎았다

베란다 빨랫줄에

한 줄 두 줄,

서른 줄

감을 매달 때마다 공들인 마음이 환해졌다

청계사 대웅전 앞

나란히 줄지어 매달린 연등처럼

우리 집에도 감 등을 켰다

그믐날

환하게 밝힌 베란다 감 등

안방 창문으로

줄지어 매달린 감 그림자가

내 몸에서도 어룽거린다

—「감 등을 켜다」 전문

화자는 지인이 보내온 둥시감을 깎아 "베란다 빨랫줄에" 걸어 놓을 때마다 "공들인 마음이"이 되비쳐 "마음이 환해졌다"는 내용의 시다. 빨랫줄에 매달린 '서른 줄'의 깎은 감에서 "청계사 대웅전 앞/ 나란히 줄지어 매달린 연등"을 연상하고 상상한다. 청계사 연등=베란다 감 등인 것이다. 화자의 "집에도 감 등을 켰다"는 문장이 쉽고 따뜻하다. 더구나 줄지어 매달린 창문에 비친 감 그림자가 화자의 "몸에서도 어룽거린다"는, 몸의 외면일 수도 있고 동시에 몸의 내면일 수도 있는 심오한 표현의 미묘함이 절창이다.

3

고향과 가족은 인간의 가장 근원적인 정서와 심리, 서정의 보고이며 시의 큰 자산이다. 많은 시인들이 고향과 가족을 시에 출연시켰다. 김선희 역시 선배 시인들과 다르지 않다. 그럼에도 다양한 고향 서사와 서정, 가족 서사는 김선희 시의 또 다른 특징이다. 시인은 고향에서 유년을 불러오며, 유년 시절에 밀접한 유대 관계를 가졌던 가족들을 자연스레 시에 따라 나오도록 하여 시의 행렬에 배치한다.

참죽나무가 하늘을 뚫을 것처럼 높고
매미들은 마지막 울음을 토해 내기 바쁜
할머니 집 마당가에는 펌프가 있었다

마중물을 부어 펌프질을 힘껏 하면
굵은 물줄기가 따라 올라왔다

나는 금방 한 양동이를 담아
사랑방 쇠죽 쑤는 커다란 무쇠솥에 가득 채워 놓았다

저녁 무렵 또래 친구들은
작은 물지게 양쪽 막대기에
양철 물통을 매달고 출렁거리며 줄지어 집으로 향했다

친구에게 물통을 져 보고 싶다고 졸라
물지게를 지고 일어났다

앞으로 가려고 해도 몸은 움직이지 않고
출렁출렁거리다가 반도 넘게 흘려 버린 물

머뭇머뭇하다
출렁거리는 물지게처럼
젊음을 흘려보냈다

　　　　　　　　　　　　　—「물지게」 전문

　시의 공간은 고향이며, 장소는 할머니 집 마당가 펌프가
있는 우물이다. 이곳에서 화자가 물지게 지고 일어서서 "앞

으로 가려고 해도 몸은 움직이지 않고/ 출렁출렁거리다가 반도 넘게 흘려 버린 물"을 회상하며 쓴 시다. 그런데 시인이 독자에게 주려는 내용은 물을 흘려 버린 일화가 아니다. 양철통에 담긴 물이 출렁출렁거리다가 쏟아지듯 좌충우돌하면서 흘려보낸 젊음을 비유적으로 보여 주려는 것이다.

김선희가 고향과 가족을 제재로 시를 형상하는 방식은 다양하고 재밌다. 시인은 「빨강 다후다 잠바」에서 화자가 벗어 놓은 보물처럼 아끼는 잠바를 동생이 허수아비처럼 입고 놀다 "마루에 있는 연탄난로에 부딪치며/ 등짝이 바짝 쪼그라들"어 엄마가 입던 "붉은 꽃무늬" "월남치마"를 떼어 꿰매어 입고 다니던 추억을 재미있게 들려준다. 재미는 독자가 시를 읽게 하는 주요 요소다. 김선희는 시의 행렬 곳곳에서 자신의 지난 일화를 재미있게 진술하면서 독자를 끌어들인다.

시집에 나오는 정보에 의하면 시인의 고향은 고은 시인이 「문의마을에 가서」라는 명작을 낸 "금빛 물결 찬란"한 대청호 어디쯤이다. 호수가 생기면서 수몰된 마을이다. 물안개가 "두루봉 용굴에서 승천하는 아홉 마리 용처럼/ 하늘로 휘감아 오르"(「내 고향 대청호」)는 곳이다. 시인의 아버지도 고향인 "문의면 덕유리 478-1번지/ 새말 지름달산"(「기제삿날」)에 묻혀 있다.

오랜 가뭄으로 대청호에 물이 줄어
가장자리에 나이테처럼 결이 생겼다

저쯤이면 우리 집인 것 같아

그 언저리까지 돌팔매를 던져 본다

풍덩 소리를 내며

깊고 나직한 한숨이 강바닥에 드러눕는다

칠 남매가 살을 부비며 곰실곰실 살아가던 곳

속을 보이면 금방이라도 걸어갈 듯 가까운데

빗장을 잠근 듯 고요하다

가뭄이 심했던 어느 해엔

동네 길바닥과 항아리들도 올라왔다던 곳

새말 할머니 댁 가는 미루나무 길가에 피어나던

붉은 참나리 꽃은 물속에서 계절을 잊은 걸까

오랜 가뭄에도 물 밖으로 얼굴을 내밀지 않는 미루나무 길

구불구불 할머니를 닮은 그 길을 마음으로 걸어가며

강둑으로 넘어오는 물안개를 따라가 본다

　　　　　　　　　　　　　　—「미루나무 길은 안녕할까」 전문

　대청호에 수몰되면서 고향을 잃은 실향의 슬픔을 안정된
호흡으로 진술하고 있다. 오랜 가뭄으로 호수가 바닥을 드러
내자 화자는 자신의 집이 있었던 곳에 돌을 던져 본다. 금방

이라도 걸어갈 듯 가까운 "칠 남매가 살을 부비며" 자란 곳, 가뭄이 심한 때에는 동네 길바닥과 항아리들이 올라왔던 곳이다. "새말 할머니 댁 가는 미루나무 길"도 보인 적이 있다. 그러나 지금은 오랜 가뭄에도 미루나무 길이 얼굴을 내밀지 않는다. 집이 있던 자리에 돌팔매를 던졌지만, "풍덩 소리를 내며/ 깊고 나직한 한숨이 강바닥에 드러눕는다"는 문장이 절창이다. 독자에게 슬픔을 배가시키고 있다.

시 「돋보기」에서 화자는 거실에서 이불 홑청을 펴 놓고 시침질하다 문득 거울을 보는데 "내 어릴 적 엄마가 앉아 있"는 것을 본다. 그리고 자신도 어느새 "돋보기 너머로/ 내 식구들을 반겨 주는 나이가 되었"음을 안다. 시 「사랑초」에서는 산세베리아 사이에 자라나는 사랑초를 두고 "어린 시절/ 약국집 큰 대문 안에/ 다섯 가구가 북적거리며 어울려 살았던" 기억을 떠올리고, 시 「서울로 7017」에서는 고가도로를 걷다가 "굴레방다리 이모 집을 갈 때" "고가 위를 돌아가는 버스 안에서/ 아래로 떨어질까 봐/ 손잡이를 꽉 잡았던 기억"을 떠올린다.

4

김선희는 여행 시편들을 다수 내놓고 있다. 여행 제재 시는 독자들에게 지리적 공간을 확장시켜 주면서 시인이 서정적으로 선점한 여행지의 경험을 새롭게 선사한다. 김선희 시에 나오는 여행 장소는 거칠게 살펴봐도 감은사지, 괘방산, 도구 해변, 독도, 지리산, 영주 부석사와 소백산, 백양사, 홍매가 핀 남도, 남춘천, 양재천, 백령도, 청계산, 청령포, 민통선 평화의댐, 하늘공원, 호압사 등 전국 일대로 다양하다.

대개 여행시를 쓸 때 여행 동선과 장소, 여행지에서 만나는 인물과 사건, 사물만 단순 묘사하는 경우가 많다. 이럴 경우 여행시가 싱거워 실패하기 쉽다. 그러나 김선희는 여행 과정에서 만나는 서경과 서정을 적절하게 분배하고 심상화하여 독자에게 감동을 준다. 이를테면 시 「제부도」라는 시가 그렇다. "구름을 벗어나는/ 붉은 해// 불기둥 매달고/ 바다는 거뭇한 천에/ 황금 실로 외주름을/ 드르륵드르륵 박아댄다"며 대상을 아름답게 비유한다. 김선희가 여행시에 성공하는 이유다.

남춘천역에 내렸다

마냥 걸어도 끝없이 펼쳐진 오일장
더덕 도라지 알밤 앞에 서성거리다
장마당에 앉아 있던 할머니가 생각났다

오가리길 지나
노산에서 나룻배 타고 강 건너갔던
신탄진 장날

꽃무늬 메리야스와 빤스 한 벌

생일 선물이 좋아서

콩 닷 되 이고

할머니 따라 이십 리 길을 나섰던

그 어린 계집애는

장날이 되면

아직도 가슴이 설렌다

─「장날」 전문

남춘천 오일장을 제재로 한 시다. 화자는 끝없이 펼쳐진 대규모 시장을 돌아보다가 자신에게 익숙한 더덕과 도라지와 알밤 앞에서 서성인다. 할머니가 생각났기 때문이다. 사물 더덕과 도라지와 알밤은 고향의 "장마당에 앉아 있던 할머니"를 떠올리게 하는 매개가 된다. 단순하게 남춘천 오일장 묘사를 넘어 어린 시절을 회상하게 하는 방식으로 시의 시간적 공간을 현재에서 과거로 확장시키고 있다.

독자들은 이 시의 행간을 따라가며 자신의 고향 시골 장을 떠올릴 것이다. 시인은 남춘천 오일장에서 신탄진 장날까지 지리적 공간을 확장해서 보여 준다. 고향 마을에서 신탄진 시장까지 가는 동선, 시장에 나온 더덕이나 도라지와 알밤, 먼 과거임을 떠올리게 하는 나룻배 타고 강을 건너는 방식, 옛날 시골의 생일 선물 방식인 꽃무늬 메리야스와 빤스, 콩을

이고 할머니를 따라 먼 길을 걸어서 시장에 가는 어린 화자의 모습을 적실하게 묘사하고 있다.

위 시에서 시인이 할머니와 가졌던 과거 경험을 떠올린다면, 시 「물안개」에서는 소백산 자락을 걸으면서 "아버지 웃음 같은 잔잔한 강물/ 붉은 산 그림자 안은 채/ 물속 하얀 구름 꽃이 소록소록 피어오른다"며 아버지의 웃음과 잔잔한 강물을 동일화한다.

시 「호압사」에서는 절 마당에 버팀목으로 부축을 받거나 시멘트로 살을 붙인 늙은 두 그루 느티나무를 통해 "서로의 버팀목 기둥을 세우고/ 자식들 빠져나간" 빈 가슴을 채워 주며 살아가고 있는 화자와 화자의 남편을 비유하고 있다. 이처럼 김선희는 여행지에서 사물을 만나 가족을 떠올리는 등식을 거의 정형화하고 있다. 위에 언급한 시들이 육지와 강가, 또는 산을 여행하면서 쓴 시라면, 「장산곶」 「도구 해변」 「독도를 밟다」 등은 바다 여행을 제재로 한 시들이다.

바다와 하늘이
새파란 백령도

심청각 올라서서 바라본 장산곶 너머 황해도

심청이 치마가 걸려 연꽃이 되었다는 연봉바위
바다 위에 솟아 있다

새털구름은 너울너울

가마우지들은 날개 펴고

자유롭게 장산곶 넘나든다

발이 묶인 채

고향 땅 바라보다 늙어 버린 실향민

새가 되어 날아가고 구름 되어 흘러가고픈 애타는 마음

그 마음 헤아리듯

가마우지 떼 저곳 장산곶까지

갔다 되돌아온다

　　　　　　　　　　　　　　　　—「장산곶」전문

　북한 땅이 가까이 보이는 백령도 여행을 제재로 한 시다. 시인은 구름과 새들은 북녘 땅인 황해도 장산곶과 남녘 땅인 백령도를 자유롭게 넘나드는데, 실향민들은 백령도에 "발이 묶인 채/ 고향 땅 바라보다 늙어 버"렸다고 아파한다. 가마우지 떼만 "새가 되어 날아가고 구름 되어 흘러가고픈 애타는 마음"을 헤아리듯 장산곶까지 갔다가 되돌아온다며, 분단의 슬픔을 넌지시 암유하고 있다.

　시「독도를 밟다」에서 시인은 독도 여행 중에 태극기를 흔들고 〈독도 아리랑〉을 통해 뭉클한 애국심을 경험한다. 「도구 해변」에서는 해변의 작은 자갈들이 부딪히는 소리에서 "어릴 적 엄마가/ 자배기에 보리쌀 비벼 닦는 소리처럼 편안"

함을 느끼기도 한다. 이처럼 김선희의 여행 제재 시들은 다양한 장소와 인물과 사건을 통해 서경과 서사, 그리고 서정을 적절하게 배합하여 시적 효과를 발현시킨다.

5

김선희는 일상 제재를 쉬운 언어로 다정다감하게 표현하는 재능을 가진 시인이다. 그는 '음식 시인'이라고 해도 될 만큼 시에 다양한 음식 제재를 적극적으로 수용한다. 음식에서 다른 시간과 공간과 인물을 떠올리는 방식은 그만의 특징이고 개성임이 분명하다. 그리고 김선희만큼 음식에 집중하고 직접 요리 체험을 형상한 시인은 그리 많지 않을 것이다. 또 어느 부분에서는 재미있는 일화를 통해 독자에게 웃음을 선사하기도 한다.

고향과 가족은 시인의 가장 근원적인 정서와 서정의 보고이며 시의 큰 자산이다. 많은 시인들이 고향과 가족을 끊임없이 출연시키는 이유다. 그 가운데 수몰된 고향 마을에 대한 그리움이나 성장기 풍경들에 대한 묘사는 김선희 시의 또다른 특징이다. 독자들은 시인이 문장을 통해 표출하고 있는 고향과 유년, 시인이 재현한 가족과 풍경을 따라가며 자신의 고향과 유년과 가족과 풍경을 떠올려 보는 기회를 갖게 된다.

여행 제재 시들도 마찬가지다. 김선희는 다양한 여행 장소와 인물과 사건을 통해 서경과 서사, 그리고 서정을 적절하게 배합하여 시적 효과를 배가시킨다. 김선희의 서경과 서정은 현재에 머물지만은 않으며, 현재와 과거의 시간과 지리적 공간을 넘나들며 시를 풍요롭게 한다. 이것이 김선희 여행시가 갖는 특징이고 시적 성공의 요인이다. 김선희 시가 많은 독자를 만나기 바란다.

천년의시인선